3 2015

D0100025

Flutter & Hum

ANIMAL POEMS

JULIE PASCHKIS

Aleteo y Zumbido

POEMAS DE ANIMALES

Henry Holt and Company
New York

Snake

Slithering
through the grass
the sinuous snake
is writing
a slippery poem
with his body.
But his alphabet is
too simple.
He only knows
one letter:
sssssssssss.

La Serpiente

Deslizándose
por la hierba
la serpiente sinuosa
está escribiendo
un poema resbaloso
con su cuerpo.
Pero su alfabeto
es súper sencillo.
Sólo sabe
una letra:
sssssssss.

Turtle

The turtle hides
in her shell.
But maybe there is space,
a place
for hidden treasure.
Just for pleasure
she could put an emerald
and a ruby or two
there.

When she walks
she listens to the rattle of the gemstones.
That is why she goes so slowly—
she doesn't want to spill
her secrets.

La Tortuga

La tortuga se esconde
en su caparazón.
Tal vez hay un vacío,
un espacio
para un tesoro escondido.
Sólo por gusto
la tortuga podría meter
una esmeralda y unos rubís
allí.

Cuando anda
escucha el traqueteo del tesoro.
Por eso ella anda lentamente—
para no deja caer
sus secretos.

Heron

In the mirror
of the lake

are two herons
with one leg.

Splash!

One heron,
two legs.

WISP

WHISPER

SHIVER RIVULET

MIST

WIS

PARPADEO

VIENTO

VOLANDO

VISTAZO

ALADA

AIRE

La Garza

En el espejo
del lago

hay dos garzas
con una pata.

¡Salpicó!

Una garza,
dos patas.

Crow

On this gray day
on this gray street
the black crow caws.

He hops,
    stops,
       and stares
at a yellow umbrella—
the only sun shining
today.

El Cuervo

En este día gris
en esta calle gris
el cuervo negro grazna.

Él brinca,
        para,
            y mira
a un paraguas amarillo—
el sólo sol que brilla
hoy.

Cat

Fat cat
naps on a map.
When she gets up
s h e   s t r e t c h e s
from Arequipa to Zanzibar
and her belly bumps Topolobampo.
Elastic cat.

La Gata

La gata gorda
se duerme en un mapa.
Cuando se levanta
s e   e s t i r a
desde Arequipa hasta Zanzibar
y su barriga choca contra Topolobampo.
La gata elástica.

Cow

Black cow.
Gold field.
Blue sky.
Big eye.
Buzzing fly.
Slow munch.
All-day lunch.

La Vaca

Vaca negra.
Pasto dorado.
Cielo azul.
Ojo grande.
La mosca zumba.
La vaca mastica.
Una comida
sin fin.

Dog

The shaggy dog

wiggles, wiggles,
squirms
and leaps.

His wagging tail
fans wild happiness
into the wide world.

El Perro

El perro peludo

tiembla, tiembla,
brinca
y salta.

El meneo loco de su cola
le abanica gozo
a todo el mundo.

FRESH
PIP BLUSH CRUS
RUSH
RIPE RED
PLUMP READY
GIDDY
JUMP JUICY
JOY
SUMMER
SILLY
SMILE
SWEET
TREAT
TART
TEMPT
TOO
OH

Fly

They say
you are what you eat.

So . . .
why isn't the
fly
a strawberry?

REIR
SONRISA RICO
SONROJO
SABROSO
ROJO LUEGO
LISTO
JUEGO ZUMO ZUMBO
JUGOSO
GOZO JULIO
FRÍVOLO
FUGAZ
FRESCA
MADURA
DULCE
DULZURA
ODO

La Mosca

Dicen que
eres lo que comes.

Pues . . .
¿por qué
la mosca no es
una fresa?

CHEERY
CHEEKY
BEAKY

AYE

MY
ME

ZIP
ZANY
ZAP

HUSTLE
WHISTLE
ZITHER

FLIT
FLAP
FLY

Parrot

It's okay
to stare at
the parrot.

Go ahead!

The parrot
is like a flower
that talks:

Pick me!
Pick me!

PALMOTEO

YO YO YO YO YA YO YO YO

ME MI

PIO

PUEDO PITO POETA

El Loro

Se puede
ver
al loro.

¡Dale!

El loro
es como
una flor
que habla:

¡Escójeme!
¡Escójeme!

BRÍO

BROMA

PRONTO

BULLA
COLMA
BURLA

Deer

The deer
is shy
when he says hi.
One glance.
See him
fly.
Good-bye.

El Venado

El venado
es evasivo
cuando viene.
Un vistazo.
Ve.
Vuela.
Va.

BILLOW

Whale

Fat and fantastic,
I am the dancing whale.

In a dazzle of bubbles
I dance with the enormous ocean.

BUOYANT

OH BOY

OLA
ONDA
OBRA
LUSTRE
LUMINOSA
LÚCIDA
BOYANTE
BIEN

La Ballena

Gorda y fantástica,
soy la ballena bailarina.

Dentro las burbujas brillantes
bailo con el océano enorme.

Owl

The moon is a lantern
in the branches.
A shimmer.

A shadow whistles
through the grass.
A whisper.

Out of the darkness
an owl hoots.
An echo.

The night train
is leaving.

El Búho

La luna es un farol
en las ramas.
Brilla.

Silba una sombra
por las hierbas.
Un susurro.

De la oscuridad
ulula un búho.
Un eco.

El tren de la noche
está saliendo.

ACALLADO
ALEJADO
ALERTA ALETEO
MURMULLO MURMURA
MORDISCO

BECOME

CALM

INK

ECHO

FLOW

BECKON

BEYOND

BEACON

Moth

The moth
bombards
the lightbulb,
looking for the moon.

The firefly
flutters by—
its own star.

The moon
doesn't notice
the moth,
the lightbulb,
or the firefly.

La Polilla

La polilla
bombardea
la bombilla,
buscando la luna.

La luciérnaga
aletea—
su propia estrella.

La luna
no ve
ni la polilla,
ni la bombilla,
ni la luciérnaga.

Fish

Your bed
is like a small boat.
Your dreams are the sea
where the boat
floats.

I am a fish in the sea of dreams.
I splash, swim, and swirl
and once in a while

I wake you up.

El Pez

Tu cama
es como un barquito.
Tus sueños son el mar
donde flota
el barco.

Soy un pez en el mar de los sueños.
Nado, salpico y arremolino
y de cuando en cuando

te despierto.

Author's Note

I am not a poet. I am not a native Spanish speaker. But somehow I found myself writing poems in Spanish and English.

I am a painter and a lover of words. A few years ago I illustrated a book about Pablo Neruda, the famous Chilean poet. I began to learn Spanish in order to illustrate that book, and I fell in love with the language. At the same time I was struggling to learn the difference between *ser* and *estar* and between *para* and *por*, I immersed myself in Neruda's poetry. Later I read many more prosaic things, but he was my gateway to Spanish.

Somehow my unfamiliarity with Spanish freed me to write poetry. I felt like a visitor wandering through a forest of Spanish words, marveling at the beauty of sound, meaning, and syntax.

The first draft of each poem was always in Spanish. Then I would translate it into English. My English is more flexible, so it came second. As I revised the poems, I would work in both languages at the same time. Some of the poems are not translated word-for-word; instead I used the phrase that worked best in each language to convey the same meaning.

When I was finished, I showed the poems to friends who are native speakers for proofreading: many thanks to Marta Seymour and Fernando Larios.

The paintings for this book allowed me to pluck even more words from Spanish and English. I hope that the poems and paintings will allow you to approach both languages playfully and with pleasure, whatever your native tongue.

Gracias.

Nota del autor

No soy poeta. Ni hablo español con mucha facilidad. Pero sin embargo, me encuentro escribiendo poemas en español e inglés.

Soy pintora y amante de las letras. Hace unos años ilustré un libro sobre Pablo Neruda, el poeta chileno. Empecé a estudiar el español para poder ilustrar el libro, y me enamoré del idioma. A la misma vez que aprendía la diferencia entre *ser* y *estar* y entre *por* y *para*, me sumergí en los poemas de Neruda. Con el tiempo, fui leyendo cosas más prosaicas, pero él fue mi introducción al español.

De alguna manera, mi falta de familiaridad con el español me liberaba para poder escribir poesía. Me sentía como una viajera vagando en un bosque de palabras en español. Me encantaba la belleza del sonido, el significado, y la sintaxis.

El primer borrador de cada poema siempre era en español, y después, como se me hace mas fácil el inglés, lo traducía. Cuando revisaba los poemas, trabajaba en los dos idiomas simultáneamente. No traducía los poemas letra por letra. Usaba la mejor frase de cada idioma para obtener el mismo significado y también el buen sonido.

Cuando terminaba de escribir mis poemas, se los mostraba a dos amigos hispanohablantes y ellos me lo corregían. Estoy muy agradecida a Marta Seymour y a Fernando Larios por toda su ayuda.

Las pinturas en este libro me permitieron escoger aún más palabras en español e inglés. Espero que los poemas y las pinturas les permitan acercarse a ambos idiomas con juego y con gusto.

Thank you.

For Marta Seymour

Henry Holt and Company, LLC
Publishers since 1866
175 Fifth Avenue
New York, New York 10010
mackids.com

Library of Congress Cataloging-in-Publication Data
is available.
ISBN 978-1-62779-103-8

Henry Holt books may be purchased for business or promotional use. For information on
bulk purchases please contact Macmillan Corporate and Premium Sales Department at
(800) 221-7945 x5442 or by e-mail at specialmarkets@macmillan.com.

First Edition—2015/Designed by Ashley Halsey
The artist used Winsor & Newton gouache on Arches paper to create the
illustrations for this book.

Printed in China by RR Donnelley Asia Printing Solutions Ltd.,
Dongguan City, Guangdong Province

1 3 5 7 9 10 8 6 4 2

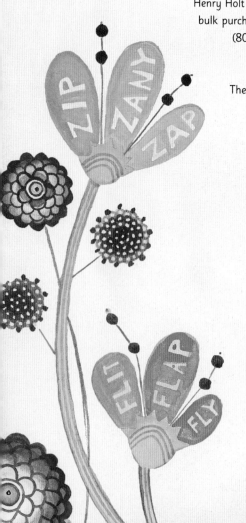
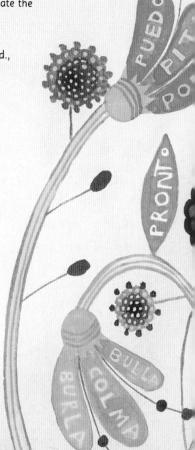